MW00736860

El profundo Sur

Andrés Rivera

El profundo Sur

ALFAGUARA

© 1999, Andrés Rivera
© De esta edición:
1999, Aguilar, Altea, Taurus, Alfaguara, S.A.
Beazley 3860. (1437) Buenos Aires

- Santillana S.A.
  Torrelaguna 60 28043, Madrid, España
- Aguilar, Altea, Taurus, Alfaguara, S.A. de C.V.
  Avda. Universidad 767, Col. del Valle, 03100, México
- Ediciones Santillana S.A.
  Calle 80, 1023, Bogotá, Colombia
- Aguilar Chilena de Ediciones Ltda.
  Dr. Aníbal Ariztía 1444, Providencia, Santiago de Chile, Chile
- Ediciones Santillana S.A.
  Javier de Viana 2350. 11200, Montevideo, Uruguay
- Santillana de Ediciones S.A.
  Avenida Arce 2333, Barrio de Salinas, La Paz, Bolivia
- Santillana S.A.
  Prócer Carlos Argüello 288, Asunción, Paraguay
- Santillana S.A.
  Avda. San Felipe 731 - Jesús María, Lima, Perú

ISBN: 950-511-491-5
Hecho el depósito que indica la Ley 11.723

Diseño de cubierta: Martín Mazzoncini, sobre proyecto de Enric Satué
Ilustración de cubierta: *Figura sentada* (detalle), de Leopoldo Presas
Gentileza de Herminia Mérega

Impreso en la Argentina. *Printed in Argentina*
Primera edición: abril de 1999

Todos los derechos reservados.
Esta publicación no puede ser
reproducida, en todo ni en parte,
ni registrada en o transmitida por,
un sistema de recuperación de
información, en ninguna forma
ni por ningún medio, sea mecánico,
fotoquímico, electrónico, magnético,
electroóptico, por fotocopia,
o cualquier otro, sin el permiso previo
por escrito de la editorial.

Índice

I. Roberto Bertini

¡Tiren! ¡Tiren!

Roberto Bertini apuntó a un tipo bajo y rubio, joven tal vez, que corría pegado a la larga pared de una esquina. Había elegido su blanco, sin apuro, desde la caja del camión descubierto que se detuvo en esa calle de Buenos Aires, poblada de negocios judíos. Poblada, les dijeron, de judíos y de bolcheviques. De bolcheviques judíos, les dijo, con una sonrisa filosa, el hombre que gritaba *tiren tiren*, como si le fuera algo más que la vida si ellos no tiraran.

—¿Conocen, acaso, un bolchevique que no sea judío? —les preguntó el hombre de la tenue sonrisa filosa.

—¿Acaso no son la misma cosa? —preguntó el hombre de la tenue sonrisa filosa. Y empalideció.

—¿Acaso no son ellos los que ocuparon la ciudad? —preguntó el hombre de la sonrisa filosa, y se rió, como si jadease, como si se quedara sin aire. Y la palidez le llegó a las manos.

Y Roberto Bertini pensó que el hombre de la cada vez más tenue sonrisa filosa, el hombre de gorra, casaca, correajes, cartuchera, botas, el hombre que gritaba, todavía, *tiren tiren*, sería absorbido por el aire, trozo a trozo. Nunca, antes, había pensado cosas como ésas.

No había sol en esa calle de la ciudad, y un viento frío corría entre los árboles de la plaza, y por encima de las cabezas de los tiradores, callados, las caras afeitadas, los ojos entrecerrados, los huesos de las mandíbulas marcados en la piel de las caras afeitadas. Los hombres, callados, las cabezas volcadas sobre las miras y las culatas de los fusiles, escucharon, lejana, la marcha de un tren hacia la llanura.

Roberto Bertini sabía tirar. En el Sur, allí donde hay cerros y lagos, y pinos y rosas de pétalos anchos, y heliotropo, y la luz del cielo es más pura que el aire más puro, y la noche, en los veranos, llega más tarde que en cualquier otro lugar de la tierra, se aprende a tirar, con lo que sea, apenas uno nace. Es una ley: o aprendés a tirar, o te vas a un mundo donde abundan los imbéciles, y recibís el alimento que otro cocinó para vos.

Roberto Bertini presionó, suavemente, el gatillo del fusil que empuñaba.

Estamos viviendo horas en que todos necesitamos del pleno gobierno de nuestro discernimiento y de las altas inspiraciones del patriotismo.

Roberto Bertini llegó a Buenos Aires desde el profundo Sur.

Se dice que tuvo tiempo para arrepentirse.

Roberto Bertini nació un poco más arriba de las islas donde los lavadores de oro, envejecidos e incesantes, agitaban sus zarandas en busca del sueño de riqueza que, lo presentían, nunca llegaría.

Cuando alguna vez pudo sustraerse al recuerdo de su niñez, cuando alguna vez percibió que el niño que fue lo había abandonado, cuando ya era otro, y crecía, miró a su alrededor.

Estaban sentados, alrededor de la mesa de la cocina, su padre, Donato Bertini, su hermana Beatriz –Beatriche, le decía su padre– y él. Beatriz alcanzó a conocer a la mujer que supo ser madre de ella y de Roberto; él, Roberto, no.

Donato Bertini era un hombre duro. Alto y duro. Había llegado al Sur pocos años después de que unos curas levantaran la primera capilla que se conoció por esas tierras cruzadas por un sol escaso y tormentas de nieve que le quitaban las ganas de vivir hasta a las piedras.

Donato Bertini era dueño de una casa a la que llamó *Los Apeninos,* y curaba vacas y corderos, y tenía tres perros feroces –que compró no se sabía dónde– y tres caballos, y una huerta que se empecinaba en cultivar. De allí llegaban, a su mesa, papas, zanahorias, algunas cebollas.

Tampoco se sabía cómo llegaban la yerba para el mate y el mate cocido, el café, el vino y la ginebra, la ginebra para las lentas devastaciones a las que se sometía Donato Bertini los sábados por la noche.

Beatriche miraba el silencioso trago de su padre, y su mirada se oscurecía. Y Beatriche se pasaba la punta de la lengua por los labios. Eso hacía Beatriche los sábados por la noche.

Pero los domingos, Donato Bertini, invariablemente, ordeñaba las vacas, y ellos, Beatriche y Roberto, tomaban leche todos los días de la semana, por la mañana y por la tarde. *Así crecen,* decía el padre, y miraba, por la ventana de la casa, el viento que aplastaba, salvaje, los copos de nieve contra el tronco de los árboles, contra sus ramas peladas, contra la oscura nada del día invernal. También preparaba unos quesos sosos y blandos que Roberto se negaba a comer. Entonces, Donato le bajaba, con ganas, unos talerazos crueles por el lomo. Después, los talerazos caían, espasmódicos, por la cintura y los muslos. Después, Donato supo que no podría doblar a Roberto.

Donato le ordenaba a Roberto que buscase alguna vaca extraviada en los cerros. Que no volviera sin el animal. Que la comida había que ganársela. *A mí, cuando era un pendejo, nadie me daba leche para que creciese... Usté es como los chilenos: necesitan recibir unos guascazos para que cumplan lo que se les manda.*

Donato llevó a Roberto al pueblo más cercano, un día de invierno.

Llegaron a caballo hasta una casa grande, de madera, y de dos pisos. Cuando entraron, Donato repartió apretones de manos, se tocó el ala del sombrero con la punta de los dedos, sonrió, frío, alto y duro.

Donato se acercó a la ruleta, y Roberto lo siguió, un poco menos alto que su padre, turbado, floja la cara lampiña.

Una mujer estaba atada a las aspas giratorias de la ruleta.

La mujer era joven. La mujer tenía los ojos cerrados. La mujer estaba desnuda. Los hombres que rodeaban la ruleta hacían girar las aspas a la que estaba atada la mujer joven: ganaba el número al que apuntara el sexo de la mujer joven. Los hombres apostaron: no parecían excitados. Apostaban al tiempo, a que el tiempo no les quemase las cosechas.

Apostaban a que no bajaran, en el mercado, los precios de la hacienda. Apostaban contra la seca. Apostaban contra las inundaciones. Apostaban, vanamente, contra la vejez.

Los hombres apostaron. Quien ganara se llevaba a la mujer: era su dueño por lo que durase la noche. El ganador podía llevársela al segundo piso, y encerrarse con ella, y desatar, en ella, sus terrores. O recordar, en ella, los crímenes que no cometió; la monotonía de los inviernos; las laceraciones que infligía a los que dependían de él. O dormirse, agotado, y dejar que la mujer se pasara las horas que la separaban del amanecer mirándose en el espejo del *tualé*.

Los hombres que tomaban ginebra y fumaban habanos distribuyeron fajos de billetes en los números libres de la ruleta. Y un empleado hizo girar las aspas a las que estaba atada la mujer joven.

Donato miró, con indiferencia, juego y jugadores. Un hombre soltó una risita breve y flemosa. Ese hombre tenía pocas canas en las patillas, y era flaco, y, además, era alto. Vestía sombrero negro, saco negro, botas negras, y la piel de sus manos estaba quemada por el sol. Tampoco parecía excitado.

—El amigo Bertini enseñándole vida al cachorro —carraspeó el hombre de la risita flemosa.

El padre de Roberto, sin alzar la voz, sin mirar hacia la barra, ordenó:

—Otra vuelta de ginebra para los señores.

El padre se sentó a una mesa, y dio cartas a un hombre al que llamaban El Doctor, que usaba, también, un sombrero aludo que le tapaba los ojos.

(El Doctor, se decía, cortaba piernas, curaba fracturas, recomendaba yuyos que crecían en las laderas de los cerros para curar gripes crónicas, asistía a parturientas gritonas, y a las penurias de agonías que se prolongaban, bochornosas, más de lo que preveían los familiares de los agonizantes, si es que los agonizantes tenían familiares. Y oficiaba de árbitro a la hora de repartir las pertenencias miserables y las duraderas del muerto.

El Doctor, se decía, hizo traer, de alguna ciudad de Inglaterra, un *Steinway*. El viaje del barco que cargaba el piano duró dos meses, desde Glasgow o Plymouth o Londres hasta un fondeadero del profundo Sur. Allí quedó, en un galpón de troncos sin cepillar y telas embreadas, el delicado mueble, casi un año. Nadie avisó a El Doctor de la llegada del instrumento, y el instrumento, por obra de un empleado diligente, retornó a Gran Bretaña, a Glasgow, a Plymouth, a Bristol, a Londres. La tan alabada flema insular aceptó la devolución: podía esperarse lo que fuera de esa reunión de imprevisibles provincias, y de su imprevisible humor, allá abajo, donde termina el globo terrestre.

Otro año y medio tardó el *Steinway* en regresar al profundo Sur. El Doctor lo afinó, y hubo noches en

que puso sus diez dedos en el teclado del piano, y tocó, y tocó, y tocó en el silencio de esa soledad interminable que desafiaba las supersticiones y la codicia
de los hombres.

Los paisanos detenían sus caballos, y escuchaban,
en la oscuridad, sin mirarse, esa música que escribie-
ron efusivos hechiceros de lejanas tribus.

Despacio, se dejaban penetrar por un sonido que
no era igual, que era distinto a los sonidos que cono-
cieron, ya, en los vientres de sus fortuitas madres. Un
sonido que el olvido se llevaría de sus carnes; el olvido que se llevaría el escalofrío nocturno que los asus-
tó y mortificó en una noche fría de abril.)

En ese mundo de tributo incesante a la apropia-
ción de bienes y de lenta adquisición de *buenos mo-
dales* creció Roberto Bertini.

Pero Roberto Bertini era, apenas, el hijo de un po-
blador: en definitiva, del dueño de unas pocas hectáreas de tierra, de unos, todavía, pocos chanchos, de
unas, todavía, pocas vacas y unos, todavía, pocos
corderos, de dos o tres perros y de dos o tres o cua-
tro caballos, de un huerto y de una cabaña. Y de una
hija, Beatriche, que fue siempre mujer, una mujer alta y de caderas imperiosas, para hablar con respeto y
sin impudicia.

¡Tiren! ¡Tiren!

Los tiradores, de pie en la caja del camión, descargaron sus fusiles en las figuras que se agolpaban en una de las esquinas que enfrentaba a la plaza.

El hombre rubio y bajo, joven tal vez, quedó cubierto por otro, canoso y más alto que el hombre rubio y bajo, y joven tal vez.

El hombre canoso, que ofició de escudo del hombre rubio y bajo, joven tal vez, recibió una bala en la espalda, sólo porque se adelantó un par de pasos en lo que era una desbandada y, como toda desbandada, expuesta a lo que le llegase del azar, de la obscenidad y de la impericia de los atacantes.

El camión se puso en marcha, y Roberto Bertini bajó el fusil, halagado: se adjudicó el disparo que volteó, en esa mañana sin sol, a un tipo canoso, en una calle de la ciudad que tenía bajas las persianas sobre puertas y ventanas de sus negocios, y cerradas las puertas de sus casas.

El hombrecito de uniforme militar, con cartuchera al cinto, y un trazo ínfimo de pelo negro como bigote, aún alzaba el chirrido de su lengua:

— *¡Tiren! ¡Tiren!*

Nada hay en discusión, de suerte que no hay nada de qué deliberar. La prueba es que ahora todo se funda en el pedido de los obreros de la renuncia del jefe de policía. En el alma de la masa, frente a una gran confusión, se descubren sinsabores y perplejidades.

Donde sea que vaya uno, siempre se vuelve más temprano.

Roberto salió a cazar liebres, acompañado por los perros de la casa. Los perros husmeaban los pastos escarchados, y se escurrían entre los árboles, en aquella hora turbia de la mañana, los ojos brillantes, los oídos como una trampa, el paso leve, largo y veloz.

De pronto, Roberto Bertini y los perros divisaron el pelo abundante, blanco o leonado de la liebre, y contuvieron la respiración. Roberto Bertini alzó la escopeta y disparó, casi sin apuntar, por instinto, y los perros se lanzaron, a grandes saltos, el ladrido en sus bocas, detrás de la presa herida. Los colmillos de la perrada despedían un fulgor opaco, y la lengua roja les bailaba entre las mandíbulas babeantes.

Roberto Bertini cazó dos o tres liebres; sintió cómo se quebraba la escarcha bajo la suela de sus botas; se cansó. Miró, cansado, la nieve en la cresta de los altos cerros, el color terroso de la piedra, allá, arriba. Y, cansado, emprendió el regreso a las casas.

En invierno no se podía hacer otra cosa que esto:

cazar, cuidar a algún animal enfermo, barrer la nieve acumulada en el techo y en los aleros de la cabaña, poner a punto las herramientas, ahorrar los comestibles, contemplar el despiadado paisaje, fumar.

Roberto entró, por la puerta de atrás, en la casa.

Roberto vio a Beatriz, volcada boca abajo, en la mesa de la cocina, las anchas nalgas blancas más altas que su cabeza, la pollera echada sobre su cabeza, los dos brazos extendidos y en cruz, y las manos aferradas a uno y otro extremo de la mesa. Donato, los pantalones caídos sobre los tobillos, la montaba. Donato resoplaba. Donato tenía la cara roja como un jamón.

Muévase... Muévase carajo.

No se vaya, papá... Ahí, papá.

Le digo que se mueva...

Sí papá sí... Sí... Ahora... Ya... No se me encoja ahora... Yaaa.

Donato apoyó las manos sobre la espalda de Beatriz, y dejó que su mirada rodase, apagada, del techo de la cocina hasta la pared que se levantaba frente a la mesa.

Donato se paró: los talones de Beatriz le rozaban los muslos, el frío que subía por ellos, la verga que le colgaba, mustia, entre las piernas.

Donato murmuró alguna incoherencia de vencido.

Beatriz, los ojos cerrados, preguntó, sonriéndole al fragor del encuentro que se despedía, sonriéndose:

—¿Una chupadita de tetas, papá?

Donato no la escuchó. Se levantó los pantalones y, ciego a la claridad de la mañana, a las desnudeces de la muchacha tendida boca abajo, lánguida, perezosa, sobre la tabla de la mesa, y al futuro que la muchacha le imaginaba, volvió a murmurar:

—Date vuelta.

Roberto entró en la cocina, con la escopeta apuntando hacia el suelo, sujeta por el brazo derecho, y tiró sobre el fogón las liebres que había cazado.

—Hoy es un día para comer un buen guiso —dijo, y se movió frente a ellos, camino a su pieza, como si estuviera solo en la casa.

Donato Bertini miró a su hijo con la vaga desesperación de quien no sabe ir ni retornar de punto alguno.

Donato se derrumbó. Sus huesos crujían y, en meses o días, la espalda se le curvó. También encaneció. También hablaba solo. Olvidaba lo que dijo minutos antes. Olvidaba atender a los animales y, cuando lo advertía, lloraba en el rincón más oscuro de los galpones. También vomitó alguna comida en la única alfombra de *Los Apeninos*.

Beatriz engordaba fruiciosamente, y sonreía al paisaje.

Una noche, Beatriz se deslizó, silenciosa, en la pieza de Roberto, antes de que Roberto se desvistiera.

—Esto no puede seguir así —susurró Beatriz, de pie frente a Roberto, y Roberto vio, en la oscuridad fría que los rodeaba, el brillo de los dientes de una mujer.

—¿Y...? —esperó Roberto.

—Que no puede seguir así. ¿No está claro para vos? —dijo Beatriz, los cuerpos rozándose—. Vamos a perder todo, ¿entendés? Todo lo que hay aquí.

—No se va a morir mañana... Está viejo, él lo dijo, pero no se va a morir mañana. —Roberto pensó, cuando dejó de hablar, cuando hablaba, que había ido, que siempre iría más lejos de lo que acababa de ir, pero, con su hermana, eso era inevitable.

—Queda pasado mañana —y Beatriz rió, y el aliento tibio de su risa dio en la cara de Roberto. Olía a vino la boca de Beatriz.

Roberto esperó.

Las manos de Beatriz lo buscaron, y el aliento de Beatriz subió por la cara de Roberto.

—¿Qué estás haciendo? —preguntó Roberto, flojo, entregado.

—Linda *picha* tenés, vos... Grande... grande —dijo Beatriz, desabrochándole la camisa.

Comían, los tres, en silencio.

Donato tiró su cuchara sobre la tabla de la mesa. Y tiró su vaso al piso. Y gruñó:

—Todo es una mierda... Y usted es una inútil. Una chilena arrastrada.

Donato echó su silla hacia atrás, se puso de pie, y quitó el cinto de las hebillas de su pantalón. Beatriz le sonrió a Donato, pero alzó los brazos y se protegió la cara.

—Vamos, Donato... Cálmese —dijo Beatriz, sin dejar de sonreír.

El cinturón silbó en el aire, y golpeó, con un chasquido, sobre los brazos de Beatriz.

Roberto Bertini depositó un inesperado Smith y Wesson sobre la tabla de la mesa.

—Déjela —dijo Roberto, la mano derecha sobre la culata del revólver.

—Callate, vos —contó Beatriz que dijo Donato con el aire de un idiota.

—Dije que la deje —repitió Roberto, y alzó el arma.

Donato golpeó a Beatriz, sin fuerza, como si la furia se le hubiese apagado, como si de ella quedase, apenas, un breve rastro que el viento comenzaba a barrer.

Roberto disparó la Smith y Wesson. La bala rozó una de las mejillas de Donato.

—No te metás, ¿querés? —musitó Beatriz, los brazos cubriéndole, todavía, la cara.

Roberto los escuchaba, noche tras noche, revolcarse en la cama de Donato.

Escuchaba el continuo murmullo de Beatriz. Escuchaba, por ratos, sus suspiros, sus risitas insidiosas, algo como un ronquido.

Escuchaba el tono de la súplica en la voz de Donato. Escuchaba, a Donato, expiar su impotencia.

Bástanos decir que causaba una impresión de inquietud, de amargura y de desagrado, porque presentaba los perfiles de los grandes desastres políticos y sociales, sin justificación alguna, porque no hay causa para ello.

El camión se alejó de la plaza, y los hombres, en la caja del camión, se miraron. Estaban barbudos y sucios, y callados, como si se hubieran pasado una vida apretando los gatillos de los fusiles, y festejándose con exclamaciones breves y procaces, con olvidables candideces cuando volteaban a bolcheviques, a judíos, a mugrientos sin filiación.

Roberto Bertini miró a los otros hombres en la caja del camión.

¿Qué hacía allí, con esos desconocidos, tan lejos de su casa como del cielo?

¿Por qué esos desconocidos y él callaban?

¿A qué mataban?

Los hombres, en la caja del camión, eran jóvenes. Y él era joven. Y el camión recorría una ciudad de vidrios rotos, y lámparas de alumbrado rotas, y puertas trancadas, y árboles astillados por las balas.

¿Qué ciudad era ésa?

Él se había perdido en sus calles.

Él había escuchado, en las calles de esa ciudad, la mezcla alevosa de lenguas de los extraños. Y cuando la escuchó, tuvo miedo. Y odió a los extraños. Y odió las abruptas declinaciones de sus lenguas, el mundo que le ocultaban.

Ese mundo no era el de Donato, y no era el mundo que había aspirado ganar, con la perpetua crispación de sus músculos, el padre del padre del padre de Donato.

Entonces, en esa mañana porteña, porque era gris, Roberto Bertini tiró contra un mundo que no era el suyo.

Estaba escrito, dijeron los pocos que llegaron a conocer a Roberto Bertini. Estaba escrito como el *Padre nuestro.* Como el nacimiento y como la muerte.

Roberto Bertini miró a los otros hombres, y supo que estaba sucio y barbudo, y que estaba cansado. Roberto Bertini saltó de la caja del camión.

Probablemente, caminó Buenos Aires. Probablemente, cruzó plazas vacías y sin luz, y olió su perfume.

Probablemente, recorrió monumentos de piedra y sus galerías que los dueños de la ciudad levantaron para agasajarse a sí mismos, y para que no se olvidara que fueron cultos, que fundaron diarios y fortines, que amaron a putas judías y a putas francesas, y les enseñaron a tomar mate, y que esperaron, sin miedo, a la muerte.

Probablemente se entregó a los lugares comunes, y se dijo que era argentino porque bailó tango con una desconocida.

Roberto escuchó el crujido de las maderas, y sintió, en la piel, el olor de las maderas mordidas por el fuego. Miró la noche del Sur por la ventana; vio, lejos, la palidez de la nieve en las puntas escarpadas de los cerros, y corrió hacia la pieza de Donato.

Entre las llamas que se alzaban, como un cerco ondulante, Donato, las manos atadas a la cabecera de la cama, rugía e imploraba. Donato vio cómo Roberto se detenía ante las crepitaciones del fuego, cómo retrocedía ante las crepitaciones del fuego, y comprendió.

Roberto salió al frío y a la oscuridad, y allí encontró a Beatriz.

–¿Qué hiciste? –y, cuando su voz temblorosa soltó la pregunta, cuando su voz adoptó el tono bajo de la confidencia, se dijo que era un idiota.

–Son americanos –dijo Beatriz, y le ofreció un paquete de cigarrillos.

El comisario llegó a media mañana, dio un par de vueltas alrededor de las cenizas de la casa, de algunos troncos ennegrecidos, de lo que quedaba del olor a carne y huesos calcinados. El comisario aceptó una taza de café, les sonrió, dijo las palabras que podían esperarse de él, y se fue.

Roberto embarcó rumbo a Buenos Aires.

Beatriz inició la reconstrucción de la casa, y Roberto y ella sellaron, por carta, un acuerdo acerca de cómo se repartirían lo que Donato les dejó en herencia.

¿Por qué bajó del camión?

Si ese hombre de pelo canoso no se hubiera cruzado, el tipo rubio y bajo, y que parecía joven, que seguramente era joven, habría recibido la bala que él disparó, sereno, el dedo índice de la mano derecha curvado suavemente sobre el gatillo del fusil.

El hombrecito rubio, seguramente joven, habría recibido la bala en el pecho, o en la cara, o en la cabeza, y el camión habría reanudado su marcha, y él y los otros, ganados por la furia, sordos a la figura baja y flaca, que aullaba, histérica, *tiren tiren,* habrían disparado sus armas sobre la calle, sobre sombras que corrían en la calle desolada, sobre paredes grises, sobre ventanas, sobre Buenos Aires.

¿Vio Roberto Bertini que el tipo que pareció envejecer repentinamente, y a quien estaba destinada la bala que él disparó, sostuvo al hombre de pelo canoso, que caía, abrazándolo por debajo de los hombros?

¿Vio Roberto Bertini que ese hombre rubio, que seguramente era joven, y parecía moverse, si se movía, con un cuerpo muerto entre los brazos, miraba, ciego, la calle vacía?

¿Vio Roberto Bertini que un hombre de gorra y barba en U ayudó al tipo que parecía joven, y era rubio, a acostar en esa vereda de Buenos Aires el cuerpo muerto que sostenía entre los brazos?

¿Vio Roberto Bertini que el rubio, que no cesaba de hablar, y el hombre de gorra y barba en U, acostaron, boca arriba, en una vereda de Buenos Aires, al muerto de pelo canoso?

¿Vio Roberto Bertini que el rubio y el hombre de la barba y gorra dejaron de hablar, o de hablarse, o dejaron de hablar a quienquiera que hablasen?

Roberto Bertini vio que estaba solo en esa calle donde disparó sobre un hombre, rubio o canoso, flaco o de anchas espaldas.

Él y los que, con él, tiraron desde la caja del camión no se conocían. Gritaban juntos sus odios; se palmeaban, efusivos, las jóvenes espaldas; tomaban ginebra de la misma botella, pero no se conocían.

Los *otros,* sobre los que ellos tirarían hasta que el mundo se disolviese en piedra y agua, se llamaban por su nombre.

Los otros marchaban bajo banderas rojas, y banderas rojinegras, y retratos de quienes habían escrito, para ellos, sentencias y profecías. Y se saludaban con los puños en alto. Y se llamaban por el nombre.

Roberto Bertini se llevó las manos a la garganta: *casi* no podía respirar.

Roberto Bertini estaba cansado, pero golpeó esa puerta larga y angosta, de madera gruesa, y esperó, la cabeza gacha.

Una mujer abrió esa puerta, larga y angosta, de madera gruesa, en la tarde de otoño, y él dijo que había leído, en uno de los diarios de la mañana, que allí alquilaban habitación y baño.

La mujer dijo que sí, que alquilaba pieza amueblada y baño para hombre solo... ¿Era él hombre solo?

Roberto Bertini arrastró su valija escaleras arriba. La mujer abrió otra puerta y encendió una luz. En la habitación había una mesa, un sillón viejo, una banqueta, una cama, dos mesas de luz y un ropero de madera clara. El baño era oscuro y olía a encierro.

Roberto Bertini pagó un mes de fianza y dos meses adelantados de alquiler, y la mujer guardó el dinero en el bolsillo de su batón.

La mujer calzaba chinelas, y la mujer no era vieja.

Roberto Bertini se trazaba itinerarios, y los cumplía. Caminaba la ciudad de día, a la luz del sol, bajo la lluvia, o envuelto en tormentas de tierra.

Comió en restoranes baratos, entró a cafés semivacíos, leyó *La Prensa*. Miró cómo atracaban barcos de nombres ajados por las aguas. Los vio partir. Se aficionó a la ginebra. Aprendió que, en Buenos Aires, uno se pregunta dos veces si cerró la puerta de atrás. Algunos anocheceres se emborrachó, y tuvieron que ayudarlo, para que encontrase el camino de regreso a la casa de la mujer. Ella sonreía cuando él, con la lengua todavía pastosa, se disculpaba por esos tropezones de inmigrante, por esos deslices, y prometía, sintiéndose deshonrado, que no volverían a repetirse. Pero Beatriz le remitía, todos los meses, un giro ungido de absoluciones.

Una noche, cuando Roberto Bertini le adelantó otros dos meses de alquiler, ella le dijo que se llamaba Lotte. Y le dijo que podían tomar café, si a él le gustaba el café. Roberto Bertini balbuceó que tomaría, con mucho gusto, café, y que no, que no tenía que salir.

Lotte era ese tipo de mujer que enseña a su gato –animal de pelo blanco, indolente y de lomo poderoso– a no entrar en sus habitaciones.

El gato llegaba hasta las habitaciones de Lotte contoneándose, pegado a las paredes, y allí se quedaba, los ojos amarillos y entrecerrados como si suplicaran el consentimiento. El gato ronroneaba, olía, memorioso, quizás, la puerta de la habitación de Lotte, y esperaba. Lotte había tomado al gato del cogote, y había pasado su achatada nariz y la boca entreabierta por el umbral del dormitorio. *No. Aquí no,* dijo Lotte en voz baja, al oído del gato. *Aquí, no.* A Lotte le gustó eso de dejar sin aire al gato de pelo blanco. *Esto es mío, gato...*

¿Entendió, gato? El gato de pelo blanco pataleó, y un estertor flemoso le subió a la boca. Lotte apretó un poco más. *Aquí no, gatito... Esto es mío, gatito.* Eso de apretar le gustaba a Lotte. Buena mano, la de Lotte. Partidaria de la propiedad privada, Lotte.

Se sentaron, Roberto Bertini y Lotte, frente a frente, separados por una mesa de tapa circular, bajo la luz de dos lámparas protegidas por una pantalla de tela color rosa, con pliegues y suciedades de mosca la tela color rosa.

Lotte sirvió un café humeante y oloroso en tazas pequeñas y de color azul con doncellas y príncipes que danzaban en la loza de las tazas de color azul. Y Lotte le preguntó, a Roberto Bertini, cómo había sido su vida en el Sur.

Roberto Bertini, que llegaría a asegurarse que era uno de los tipos más sensibles que hubiera conocido en su vida, contó cómo fue su vida, allá, en el Sur. Describió paisajes, describió silencios, describió senderos en bosques y alta montaña, pero no habló de él. O sí: cuando nombró a la fonda *Gambrinus.* Sus dueños lo dejaban dormir, cuando cerraban el comedero, debajo de las mesas. Y el *Hotel Suizo:* pagaba cincuenta centavos de dólar por darse una ducha de agua caliente. Esas fugaces evocaciones parecían dotarlo de una felicidad que Lotte nunca llegó a comprender. Lotte pensó que, si sólo hablar de eso daba alegría a su voz, Roberto Bertini era un pobre tipo.

Lotte, que sonreía, le preguntó por qué subió a Buenos Aires. Y Lotte, que sonreía, alzó una de sus piernas, bajo la tapa circular de la mesa, y posó el talón y los dedos de ese pie —las uñas de ese pie pintadas de un rojo espeso y brillante— en la bragueta de Roberto Bertini.

Él contuvo la respiración: y eso suele ocurrir, también, en tales circunstancias. Él se avergonzó: la cuantiosa tira de carne que oscilaba entre sus piernas, y que en tiempos que vagaban por su memoria, execrados y sin nombre, Beatriz había manoseado, se erizó.

Lotte, que ya no sonreía, le dijo *aflojate*.

Roberto nunca supo si se aflojó.

—¿Sigo? —preguntó Lotte, que frotaba talón y dedos de su pie contra la bragueta de Roberto Bertini, bajo la luz que descendía de las lámparas de irradiación débil y, quizá, a punto de extinguirse.

Él no la miró. Él cerró los ojos. Él palideció y se ruborizó, alternativamente. Él apoyó la cabeza en el respaldo de la silla. A él le temblaron los labios, como si estuviese a punto de llorar.

Lotte se levantó, rodeó la mesa, y se arrodilló frente a Roberto Bertini, y le sonrió. Lotte le desabrochó la bragueta.

Vio, por fin, las puertas de la casa de Lotte.

La vio a ella, a Lotte, desnuda, sentada sobre él.

Atame, musitó él.

Y Lotte le ató las manos a los barrotes de la cabecera de la cama. Y, desnuda, subió sobre él; subió su culo grande, redondo y blanco, más arriba del pecho de Roberto Bertini.

Y él olió las arideces de la vulva de ella.

Y Lotte montó sobre la cara de él, y el gran culo blanco de Lotte, y el tajo negro que dividía el gran culo blanco de Lotte sobre la cara de Roberto Bertini, llevó, a Roberto Bertini, a algo que era abyecto y que deseaba la última fibra de su carne.

Roberto Bertini vio la puerta de la casa de Lotte.

Roberto Bertini vio los primeros resplandores del amanecer en la puerta larga y angosta, de madera gruesa, de la casa de Lotte.

Roberto Bertini abrió la puerta de la casa de Lotte, entró y cerró la puerta con doble llave.

Roberto Bertini, de pie en la oscuridad tibia del zaguán, escuchó, lejos, un disparo. Y otro. Y otro.

Habría, pensó, en la ciudad, sobre las piedras de la ciudad, el enfado y los boatos de algún fuego.

Roberto Bertini no volvió a pisar las calles de la ciudad.

Y después, como se suele decir, ya nada importó.

"¡Los bárbaros están a las puertas de Roma!"

II. Eduardo Pizarro

El hombre canoso que cubrió, sin proponérselo, a otro, bajo y rubio, y joven, en apariencia, y recibió la bala disparada desde un camión cargado de tipos aullantes, en esa mañana gris de Buenos Aires, y de cara a una larga pared de piedra, a pocos metros de la esquina de una plaza, se pudo llamar Eduardo Pizarro.

¿Patrón de estancia y de sus rituales, Eduardo Pizarro? Hombre de jugarse lo que tuviera a mano en una incesante partida de póquer o de truco o de monte, Eduardo Pizarro.

Largas esas partidas de monte o póquer o truco, en una pieza cerrada que olía a machos silenciosos, que no reían ni hablaban, salvo para pedir una baraja o cantar el azar que se les deslizaba entre los dedos de las manos, ese coraje sombrío que arriesgaban apenas los dedos de las manos armaban un reticente abanico de figuras, de oros, de bastos, de espadas, y sus bocas decían, desdeñosas, lentas, lejanas, cuánto o qué. O las tapaban y se iban al mazo, en la pieza cerrada del boliche que olía a sus duros cueros, a sus sudores, a ginebra, a tabaco.

Después, con la luz del sol sobre las maderas y las chapas de zinc del boliche, montaban en sus caballos, sus sulkys, en algún coche los más ricos, y se iban a sus casas, en tierras negras como el corazón de Dios.

Rezá, masón.

Eso le gritaba, a Eduardo Pizarro, la vieja Medina, con un cigarro apagado en los labios finos como una línea trazada a cuchillo en la cara de india, sentada a la sombra en el porche de la casa.

Eduardo Pizarro esbozaba una sonrisa en la boca con gusto a alcohol y a sed, y se tocaba, con dos dedos de su mano derecha, el ala del sombrero. Iba al paso el caballo de Eduardo Pizarro, y la vieja Medina contemplaba esa figura de hombre alto, de anchas espaldas, y cabello prematuramente encanecido y manos tan fuertes como ella nunca conoció en otro que no fuese él.

La vieja Medina había criado a Eduardo Pizarro, y lo vio crecer en esa tierra, y vio crecer sus espaldas, piernas y brazos. Y cuando todo eso dejó de crecer, supo que era hora de que se dedicase a fumar los cigarros que abultaban el bolsillo del vestido que bajaba sobre sus lentos huesos.

A Eduardo Pizarro le gustaba la penumbra, la sensación de frescura y de silencio que la penumbra concedía a esa pieza de techo alto, que él llamaba su despacho, y que había amueblado con un catre, un escritorio de siete cajones y tapa enrollable y una silla giratoria.

Eduardo Pizarro se quitaba las botas, y abría el cajón central del escritorio, y sacaba, del cajón central del escritorio, un taco de hojas en blanco y lápices.

Eduardo Pizarro escribía poesía. Escribir poesía es uno de los abominables vicios de este país. Persistente, el vicio, de cuya autoría Eduardo Pizarro no tuvo dudas. Por eso, detestaba a Leopoldo Lugones.

Eduardo Pizarro escribía poesía. Eduardo Pizarro estaba persuadido de que la poesía adquiría, pese a ella misma, un valor social que nada podía sustituir cuando tomaba la palabra en tiempos de catástrofe. Pero cuando los hombres aceptan sus propias cobardías, la poesía debe callar.

Cuando Eduardo Pizarro dejaba de afilar la punta de sus lápices, cuando dejaba caer uno de esos lápices sobre las hojas en blanco que quedaban en el taco de papel, leía lo que había escrito. Eduardo Pizarro, después de leer lo que había escrito, respiraba hondo, miraba los rayos de sol sobre su escritorio desnudo, sobre las hojas en blanco, y reunía lo que había escrito, como si esas hojas fueran un mazo de naipes, y prendía fuego a las hojas escritas y reunidas como un mazo de naipes cerrado.

Eduardo Pizarro, los pies desnudos, se tiraba, vestido, en el catre, y dormía unas horas. Eduardo Pizarro dormía de cara al techo alto de su despacho. Despierto, no lloraba sus infortunios, si los tenía. Dormido, no soñaba.

Eduardo Pizarro no cumplió con los ritos que dan matrícula de poeta a los módicos infelices que ofrecen su alma lacerada a los boquiabiertos, a los chismosos y los comedores de carroña. Sus desesperaciones, si las tuvo, eran secretas.

Pero cumplió con uno, inevitable, de esos ritos: viajó a París.

Eduardo Pizarro se tuvo que confesar, sin rubor y sin eufemismos, que anhelaba conocer las calles, las puertas, los pocos cafés que supieron del paso de Rimbaud, del diferente Mallarmé.

Eduardo Pizarro fue testigo, perplejo testigo, de cómo la dulce Francia se preparaba para la guerra: manadas de idiotizados caballeros, borrachos de patriotismo, marchaban por las avenidas prometiéndose la gloria.

Eduardo Pizarro comprobó que París valía menos que una misa, pero de París regresó a la alambrada llanura bonaerense con una mujer.

Geneviève Dubois era suiza, bella y callada. Eduardo Pizarro la conquistó borracho y la amó sobrio.

A ella la conmovieron los horizontes de la pampa argentina, la parquedad de los paisanos (que sólo quebraba el alcohol), la sentenciosidad impostada de su habla, la exquisita cortesía con que la trataban.

Y vio a Eduardo Pizarro, con la vejez sobre los hombros, competir con sus peones en la puesta en juego del cuerpo para nada, para nadie, o para sí mismo, para decirse que esos corcoveos bárbaros sobre la montura de un caballo equivalían a las pequeñas llamas azules y amarillas y transparentes, que crepitaban llevándose la letra de sus poemas.

Eduardo Pizarro retomó su lugar en la mesa de juego.

Eduardo Pizarro se excedía en todo (como poeta que era, como patrón de estancia que era, por designio canónico o por hábito). Se le ensancharon, tal vez, las espaldas, y comía, al pie del asador, mucha carne y grasa. Y no tenía medida para el vino.

Pasó dos días y dos noches de putas y naipes en el pueblo. Las putas eran viejas, también. Pero la fortuna lo acompañó en el juego. Frío, inescrutable, ganó una partida tras otra, en una pieza donde había olor a sudores de hombre.

La vieja Medina, que era, ya, un pequeño saco de cuero y huesos quebradizos, llamó, una mañana, a Eduardo Pizarro, que volvía del pueblo al paso de su tobiano, el sombrero echado sobre los ojos.

La vieja Medina miró al hombre grande y fuerte, de manos grandes y fuertes, y tan cerca de ella que podía tocarle la cara si hubiese tenido fuerzas para alzar un brazo.

Cuando la vieja Medina le dijo a Eduardo Pizarro que Geneviève se estaba yendo, dejó de mirarlo.

Las mujeres bellas y calladas suelen tener la ultrajante costumbre de morir.

Geneviève Dubois murió, la ventana de su dormitorio abierta a esa tierra criolla que parecía dorada, allá, donde parecía terminar.

Eduardo Pizarro no se culpó, no apeló al alcohol como lo exige cierta tradición baudelaireana, no rindió tributo al recuerdo. Acompañó, a caballo, el cajón de su mujer. Y a caballo miró cómo le abrían la fosa.

Quizá, Eduardo Pizarro esperara otro cuerpo. Quizá.

Eduardo Pizarro no volvió, tampoco, al pueblo, al juego y a las putas. No se sentía desolado, y rehuyó la lástima de los otros.

Una noche, en su casa, ofreció una cena a dos o tres hacendados de las vecindades y a sus mujeres.

Hablaron de animales, de domas, de yerras, de

secas y lluvias, de mezclas del vacuno criollo con Hereford y Holando, del tiempo para los apareamientos.

Los hombres encendieron habanos y hubo coñac francés, como era obvio.

Una de las mujeres recordó a Geneviève: la voz susurrante de Geneviève, sus tropiezos con el idioma de los argentinos, sus asombros, sus extrañas gratificaciones.

Otra mujer titubeó, pero dijo no poder explicarse los motivos de su muerte.

Eduardo Pizarro no miró a las mujeres que evocaron a Geneviève.

Murió de melancolía, dijo Eduardo Pizarro, con el mismo tono de voz sosegado con el que daba instrucciones a sus hombres para el trabajo del día.

Eduardo Pizarro leyó, en *La Nación,* que se sucedían desordenadas manifestaciones con banderas rojas y rojinegras cubriéndolas. Que el Ejército, al mando de uno de sus más prestigiosos generales, y la policía, con la cooperación de civiles, se esforzaban por restablecer *el orden y la ley.* Que la Liga Patriótica Argentina, con la firma de algunos de los apellidos más conspicuos de la sociedad porteña, convocaba a la ciudadanía a defender el país de la marea bolchevique.

Eduardo Pizarro salió a las calles de la ciudad.

Eduardo Pizarro era un hombre viejo, pero curioso.

Eduardo Pizarro recibió, en la espalda, la bala que disparó Roberto Bertini y que estaba destinada a Enrique Warning, ahí, en esa esquina de una plaza de Buenos Aires.

Eduardo Pizarro cayó hacia adelante, y un hombre de barba corta y bigote entrecanos, alto, lo sostuvo entre sus brazos.

El hombre de la barba corta y bigote entrecanos, alto, lo tendió con cuidado en la vereda de la esquina de la plaza.

Eduardo Pizarro se prohibió surtir la memoria de los desconocidos que se inclinaban sobre él con alguna frase edificante, y murió en silencio.

III. Jean Dupuy

Jean Dupuy contempló largamente al hombre tendido en esa vereda de la esquina de la plaza. Ese hombre, tendido en esa vereda de la esquina de la plaza, tenía las manos grandes y los músculos de un atleta. Vestía buena ropa, y un tenue olor a colonia se desprendía de su cara afeitada. Un hermoso animal, pensó Dupuy.

¿Qué hacía, ahí, ese hombre, en esa inclemente mañana de Buenos Aires, moviéndose entre los aullidos de los combatientes y el apestado aire de los incendios, hasta que una bala lo encontró?

¿Qué hacía él, Jean Dupuy, que sólo pretendía ser un caballero galante y culto, ahí, en esa vereda, contra el muro de piedra negra de un edificio que robaba su diseño a algunos que se levantaban, severos y monacales, en las avenidas parisinas?

¿Uno era el otro, con la sola anómala diferencia de un nombre?

¿Qué esperaba él, Jean Dupuy, los ojos quietos en esa serena cara muerta?

¿Esperaba que también a él lo alcanzara una bala?

¿Había vivido, acaso, lo suficiente? ¿Y cuánto es lo suficiente? ¿No había escrito un ruso que *los revolucionarios deben morir a los cincuenta años?*

¿Qué era él, Jean Dupuy, en esa mañana inhóspita de Buenos Aires?

Cuando se es lúcido, cuando se goza del propio cuerpo, cuando se goza del silencio de la madrugada, cuando se goza de esa cuantiosa inauguración del mundo, ¿no es injusto morir?

Jean Dupuy, sin embargo, esperó y esperó, nunca se preguntó por qué, sin desafiar a nada, en esa vereda, en esa esquina aturdida por las balas y los clamores del ininterrumpido combate.

Jean Dupuy, de pie, disparó su revólver sobre un camión que se alejaba, cargado de tipos jóvenes que gritaban y levantaban sus fusiles, y gritaban, y gritaban aún, petulantes y crispados.

Jean Dupuy llegó a Buenos Aires desde un puerto de España.

Su padre, abogado de una ciudad de provincia, no preguntó nada, no quiso saber nada. Sólo que recibió a su hijo, que había eludido al París ocupado por los versalleses, y le preparó comidas, y le habló de recetas de comidas, con algo de entusiasmo y, también, con algo de displicencia, y cuidó que ningún curioso asomase su nariz por la casa. Sólo que le consiguió papeles inobjetables, y puso una sólida cantidad de francos a su disposición. Sólo que acompañó a Jean Dupuy hasta un puerto de España, y lo vio embarcar rumbo a Buenos Aires, donde, le dijo a Jean Dupuy, se suele hablar un francés comprensible. Y le dijo que no dejara de escribirle, que siempre es bueno, para un viejo, aprender algo de geografía.

Jean Dupuy miró la alta figura de su padre, abogado, bajar la planchada del barco, apoyado en su bastón, y perderse lentamente en la corta tarde de invierno.

Cuando Jean Dupuy llegó a Buenos Aires, el verano estallaba en las piedras de la ciudad.

Jean Dupuy compró un local en un barrio de ricos, e instaló una librería. Los ricos de Buenos Aires, efectivamente, leían y hablaban francés, como si fueran habitantes de París. Los ricos de Buenos Aires, efectivamente, compraban libros: lucían, respetables, los libros, alineados lomo a lomo, en sus vastas bibliotecas.

Jean Dupuy escribió cartas a su padre, extensas, descriptivas de sus descubrimientos y sorpresas, de su veloz adaptación a las costumbres de la ciudad, de su aprendizaje de la lengua porteña.

Jean Dupuy recibió cartas de su padre, breves, cáusticas, que exhumaban recuerdos, paisajes y, a veces, la sombra de mujeres bellas y fugaces.

Jean Dupuy pudo gratificarse con la presencia de señoritas y damas de la sociedad porteña, que circulaban por los pasillos de su librería. Flirteó con algunas de ellas, y, con otras, se acostó. Jean Dupuy ensanchó sus conocimientos de los hábitos rioplatenses.

Un notario informó a Jean Dupuy que su padre había tenido el buen gusto de morir sin los achaques de la senilidad. Y qué y cuánto era lo que heredaba.

Jean Dupuy cerró la librería, y acercó pan, vino y queso y luz a su mesa de trabajo. Y comió pan y queso, y brindó, quizá, por la persistencia, en él, de los ecos de un hombre alto y encorvado, y que usó bastón en sus últimos años.

No era la primera vez que Jean Dupuy tiraba contra hombres trastornados por el miedo, y furiosos, pero vestidos con uniformes proporcionados por un procaz aspirante al poder que se llamó Adolphe Thiers, y dirigidos por generales impotentes, cuyo mayor talento consistía en hacerse de amantes fáciles, y que fueron derrotados por Bismarck en Sedán.

Jean Dupuy llegó a París desde su aldea natal, allá por el Sur o Sudeste del mapa. Jean Dupuy quería estudiar Letras en París.

¿Qué otra cosa puede querer estudiar un muchacho que leyó a ese maldito pedazo de hielo que es Stendhal, se preguntó el padre de Jean Dupuy, abogado, con más calma y resignación que lo atribuido al honorable sentido común de los pequeñoburgueses, cuando el sentido común es honorable?

Y eso es lo que hizo Jean Dupuy: se zambulló en Balzac, en Baudelaire, en el propio Stendhal, en Gustave Flaubert, y en los pocos, desconcertantes poemas de alguien que decía llamarse Stéphane Mallarmé. No omitió a los juglares del Medioevo. Ni a François Villon. Ni a Shakespeare. Ni a Goethe.

Cuando Napoleón III abandonó el trono de Francia, corrido por los sucesivos y abominables fracasos de sus ejércitos en la guerra franco-prusiana, y por la instauración de la Comuna de París, alguien se rió en la cara de Jean Dupuy, y le preguntó qué carajo decían el Arte y la Belleza a los que morían a mano de la soldadesca de los burgueses exquisitos.

El exabrupto enmudecía a Jean Dupuy cuando las conversaciones a las que asistía giraban más hacia la necesidad, que hacia la alabanza de la música, de la pintura, de la poesía. Supo, sí, en el París asediado por la tropa de Thiers, que esa pregunta es tan vieja como el hambre de unos y la saciedad de otros.

Jean Dupuy estaba solo en esa esquina de la plaza, los brazos caídos, el revólver en la mano derecha.

El muchacho rubio y bajo, porque era un muchacho rubio y bajo, a quien estaba destinada la bala que se alojó en la espalda de Eduardo Pizarro, dio la vuelta a la esquina de la plaza, y Dupuy se preguntó lo que no se había preguntado en las barricadas de la Comuna de París.

Sí, ésa era una ciudad en la que se hablaba en francés, en la que caballeros, oficiales de las Fuerzas Armadas, jueces y banqueros hablaban en francés, y él, Jean Dupuy, había adoptado, mucho antes de que lo acosaran las manías de la vejez, la costumbre de introducir una mano u otra, cálidas y amistosas las manos, debajo de los vestidos y las polleras de las damas y señoritas que también, y naturalmente, hablaban en francés.

Ellas suspiraban, cerraban los ojos, entreabrían los labios, palidecían, creían que el pis se les deslizaba, gota a gota, por los muslos, se ruborizaban.

En esa ciudad, Jean Dupuy comenzó a envejecer.

En esa ciudad, en la que comenzó a envejecer, Jean Dupuy se preguntó, revólver en mano, por qué él se colocó de este lado y no del otro.

¿Por qué estuvo del lado de los comuneros?

¿Por qué?

¿Porque era joven?

Si era por eso, ¿no había jóvenes entre los batallones de campesinos que dispararon contra ellos, y los acuchillaron en las calles de París?

¿Por qué, ahora, que era viejo, no disparaba desde los camiones que cargaban a tipos crispados y petulantes?

¿Por qué no se quedó en la aldea de su padre?

¿O en la librería?

(En un año, en dos, en cinco, la Asamblea Nacional decretaría una amnistía, y el joven Jean Dupuy podría acogerse a ella, y casarse con Fanny Lambert, que sabía de compra y venta de casas y tierras, y de chupar lo que hay que chuparte en el cuerpo hasta que quedás exhausto, y roncás como un agónico en las tristes tardes del otoño sobre la interminable cama de la mujer que sabía de negocios y que tenía unas tetas pálidas y gordas, y que te chupaba lo que hay que chupar como ninguna otra mujer que hayas conocido.)

¿Por qué él del lado de los comuneros?

¿Por su origen?

Su padre era abogado de rentistas, de campesinos astutos y sórdidos, de médicos rurales. Próspero, claro, su padre, y viudo, e insatisfecho y fatigado. Su abuelo se había beneficiado, en los años de la Revolución, con el reparto de tierra de los nobles, que Napoleón respetó, pero, a cambio, le exigió combatir en las filas de sus ejércitos... Entonces, ¿qué decía su origen?

Ah, las tetas de Fanny Lambert.

Don Domingo Faustino Sarmiento era un hombre que nunca terminaría de cobrarse las cuentas que tenía con el mundo: eso se sabía.

Pero entró a la librería de Jean Dupuy en una mañana de otoño, silenciosa y limpia. Don Domingo entrecerró los ojos hasta que se acostumbró a la tenue penumbra del local.

Sus labios se movieron en lo que debió ser un saludo, sin mirar a Jean Dupuy, y su cabeza, su gran cabeza calva, se inclinó levemente, acompañando, tal vez, el susurro que emitió su boca.

Después, pasó de una mesa a otra. Leyó los títulos de algunos libros, algunos libros los hojeó, en otros se detuvo en alguna página.

Si se observaba cómo iba vestido, podía concluirse que no le interesaba la elegancia.

(Se decía que Don Domingo rendía pleitesía a los uniformes, pero, esa mañana, vestía pantalones anchos, chaleco y un largo sacón azul de bolsillos abultados.)

Jean Dupuy le ofreció un café y un habano, y una

chispa de agradecimiento brotó en los ojos de Sarmiento. Los dos hombres tomaron el café en silencio, y encendieron los cigarros.

Sarmiento semblanteó a Dupuy y, enseguida, le preguntó:

—¿Usted participó en el levantamiento de la Comuna?

—Sí, señor presidente.

Si Sarmiento se sintió halagado porque un extranjero le asignara un cargo que él ya no ocupaba, no lo demostró. Con pocas palabras aludió a la calidad del café y al tabaco cubano.

Sarmiento no volvió a entrar a la librería de Jean Dupuy.

Jean Dupuy persistió en seducir a damas de la sociedad porteña, que se asomaban a su librería en busca de textos que las entretuvieran durante las vacaciones o en sus viajes a Europa.

Las seducía con una pasión fingida pero perfeccionada con la dedicación de un orfebre, tras cada trémulo e inevitablemente sudoroso éxtasis.

Jean Dupuy, además, se negaba a cruzar los límites de Buenos Aires: le alcanzaba con escuchar los pocos, desbordantes, puntuales relatos de caballeros que visitaban su librería, y que habían recorrido sus incesantes estancias, y que añoraban los años de for-tines y malones que vivieron sus abuelos. Tiempos de épica y coraje, decían los caballeros, y, sagaces, combatían la nostalgia con rápidos tragos de coñac.

Jean Dupuy leyó los titulares de la prensa de Buenos Aires.

Leyó, sin conmoverse, en calma, reflexivo, y probablemente escéptico, los telegramas que informaban de la Revolución Rusa del cinco.

Leyó de furiosos y esporádicos combates de obreros e intelectuales que habían regresado del exilio para dirigir el levantamiento contra las tropas del Zar.

Leyó, en detalle, los motivos de la derrota subversiva, y de la consiguiente y despiadada represión. Comprobó, mientras leía, que su café mantenía la fuerza y la calidad que sus clientes no cesaban de exaltar.

Leyó acerca de las razones, verdaderas o supuestas, que condujeron al desencadenamiento de la primera guerra mundial.

Caminó por Buenos Aires en otoño y en invierno.

Comió, en las noches de otoño y de invierno, en ignorados bodegones, en parrillerías rumorosas y arrabaleras.

Buenos Aires era el hogar de sus sueños. Si los tenía.

Jean Dupuy escuchó el silbido de las balas en esa esquina de la plaza, y escuchó cómo estallaban vidrios en algunas calles de la ciudad. Escuchó, una vez más, gritos. Escuchó quejidos innumerables. Escuchó consignas sombrías, y las escuchó dispersas.

Jean Dupuy guardó el revólver en un bolsillo del saco, y se sacudió el polvo de sus ropas. Sus zapatos conservaban el brillo que les daba cada mañana, empeñosamente. Eso lo satisfizo.

Jean Dupuy se dijo que era hora de abrir la librería.

IV. Enrique Warning

El hombre joven, bajo y rubio, dio vuelta esa esquina de la plaza.

Nunca había visto morir a un hombre.

Nunca había visto lo fácil que era matar a un hombre.

En esa mañana que terminaba, en esa esquina de Buenos Aires, supo hasta dónde él estaba de un lado, y *los otros* del otro lado. Y que *los otros* mataban. Y que él, y los que eran como él, estaban condenados a morir si se negaban a defenderse con la misma y letal determinación con que eran atacados.

Eso estaba escrito en los intersticios, en los blancos, en el código que fue utilizado para redactar los libros que él leyó. Noches y noches, y días de lectura: ¿para qué? ¿Para admirar las irrefutables conclusiones que aparecían en lo que había leído? ¿Para admirar, en unos, además, la belleza arrebatadora, vertiginosa de la escritura, y, en otros, la convicción de que éste era un mundo atroz, y que esa convicción superaría el olvido?

Esos libros él los había leído y, si le daban tiempo,

volvería a leerlos. Enrique Warning miró durante una eternidad la cara de un hombre muerto, tendido en una vereda de Buenos Aires. Enrique Warning tuvo frente a él, junto a él, a un hombre de bigotes y breve barba entrecana que disparaba contra un camión desde el cual un grupo de tipos vociferantes hacía fuego sobre lo que sea que se moviera bajo la luz de esa mañana que terminaba. Enrique Warning empezó a correr.

Enrique Warning pasó por encima del hombre tendido en la vereda, pasó junto al hombre que disparaba contra *los otros,* dobló en esa esquina de Buenos Aires, en esa hora indecisa del día, gris el día, y empezó a correr.

Corrió hasta que le pareció que le iban a estallar los oídos.

No había nadie en la calle, y se recostó en un árbol, y se secó el sudor que le corría frente abajo, y por la cara, y por el cuello. Y lloró.

Nadie en la calle, y puertas cerradas en la calle. Y ventanas cerradas en la calle. Viento en la calle.

Enrique Warning se dijo que era un cobarde. Pero aún le costaba respirar.

Walter Dawson fue el hombre que lo crió. O, por lo menos, fue el hombre que le dio de comer, desde que él, Enrique Warning, era un chico, y miraba, cuando su plato de sopa quedaba vacío, a Walter Dawson que leía, los anteojos caídos sobre la punta de la nariz, a Dickens. A veces, Walter Dawson leía en voz alta. Enrique Warning apartaba su plato de sopa vacío, y se dormía, la cabeza sobre los brazos cruzados en la tabla de la mesa. Charles Dickens nunca fue un escritor de su predilección.

Otras noches, Walter Dawson hablaba de su vida de marinero. De largos viajes en buques cargueros. De puertos con nombres exóticos. Hablaba del mar, y de tormentas en el mar.

De cómo él, Walter Dawson, y su padre, cuando el buque en el que trabajaban llegaba a puerto, encargaban cenas fastuosas y se sumergían en bañaderas que rebosaban agua caliente y perfumada.

De cómo él y su padre peleaban contra otros marineros y, también, contra asaltantes nocturnos, en callejones pedregosos. Peleaban hombro a hombro.

Descubrieron, dijo Walter Dawson, que había un pacto secreto que los unía. Indescifrable, el pacto.

No, no eran borrachos. Les gustaba el whisky, pero no eran borrachos. Y, cuando podían, y siempre podían, guardaban una parte de la paga.

Amaban, también, a las mismas mujeres.

Enrique Warning nació de una relación fortuita de su padre con una hija de galeses, tan al sur de la Patagonia como uno pueda imaginar.

Los padres de la muchacha la enviaron a Inglaterra, con sus abuelas: los marineros no entraban en la tabla de los yernos aceptables. Y el padre de Enrique Warning era marinero, o eso dijo Walter Dawson en algunas frías noches patagónicas.

Y Walter Dawson y el padre de Enrique Warning celebraron con repetidos tragos de whisky la partida de la galesa, y volvieron a coincidir en las mismas mujeres.

Walter Dawson y el padre de Enrique Warning compraron unas mil hectáreas de tierra que miraban al Atlántico, y se dedicaron a criar ganado. No les fue mal.

¿Por qué un hombre mata a otro?

¿Una palabra de más?

¿Un agravio que se carga por años, como una herida putrefacta?

¿Un resentimiento que, de pronto, estalla?

¿Una cuenta que hay que saldar para estar conforme con uno mismo, si es que ese milagro puede ocurrir alguna vez en la vida de nadie?

El padre de Enrique Warning esperó a un tipo en un recodo del Sur, cerca del mar, y lo mató. Y eso fue verdad, no la fábula que Walter Dawson contó, por años, a un chico que se dormía, la cabeza sobre sus brazos cruzados, y los brazos cruzados sobre la tabla de la mesa.

El pánico desvió el tiro del otro. El padre de Enrique Warning acertó, y el tipo quedó boca abajo con una bala en el corazón.

El padre de Enrique Warning pasó a Chile, y allí, en Valparaíso, embarcó en un mercante escandinavo. Y eso fue lo último que Walter Dawson supo de su amigo.

Enrique Warning tenía, ya, cinco años.

Walter Dawson miró, una vez más, por la ventana del sanatorio, por esa única ventana del sanatorio, los picos nevados de los cerros.

Walter Dawson suspiró, y le preguntó al doctor cuánto tiempo le quedaba.

El doctor le dijo, a Walter Dawson, cuánto tiempo le quedaba.

Walter Dawson regresó a la cabaña que compartía con Enrique Warning, y dijo que no tenía apetito, que mejor cenara solo.

Walter Dawson se sirvió un vaso de whisky, y esperó que el muchacho terminara de cenar.

Enrique Warning no recordaría, muchos años después, si Walter Dawson le había preguntado si hacía frío. Quizá no. Quizá Walter Dawson no preguntó si nevaba. Quizá Walter Dawson no echó unos leños al hogar. Quizá no avivó, siquiera, los fuegos del hogar. Y quizá sí.

Se acostaron. Walter Dawson, cuando llegaron las primeras luces del día, se voló la cabeza de un balazo.

Nadie en esa calle, salvo él, Enrique Warning.

No circulaban tranvías ni coches en la ciudad, y Enrique Warning, cansado, empezó a caminar rumbo a ningún lado.

En un almacén, con las persianas bajas por la mitad, compró salame, dos tiras de pan francés, manteca y vino.

Cuando anochecía, abrió la puerta de su pieza y, casi con asombro, se dijo que nada había cambiado: cama, mesa, sillas, ropero, eran los de siempre.

Dejó pan, salame, vino y manteca sobre la mesa, y se acostó.

¿Por qué el tiempo es tan lento?

¿Por qué el tiempo es tan veloz que el tiempo no alcanza?

¿Cómo era recoger avena con Walter Dawson?

¿Cómo era apilar la avena en las oscuridades del granero?

¿Cómo era ordeñar las vacas?

¿Cómo era montar a caballo?

¿Cómo eran de frías las aguas de los ríos del Sur?

¿Cómo era mirar las manos de Walter Dawson amasando la harina y distribuyéndola en moldes, horneándola?

¿Cómo era comer el pan esponjoso y moreno que les daba el horneado de la harina?

¿Cómo era, en los inviernos, tirar una lonja de carne sobre una parrilla, en el hogar de la chimenea?

¿Cómo era, a veces, arrastrar unos viejos colchones a la cocina, extenderlos a lo largo de la cocina, acostarse vestidos, y taparse con unas frazadas de rayas azules y rojas, y, en la noche, alimentar los calores del fogón con un leño y otro y otro?

¿Cómo era escuchar al viento golpear las paredes de la cabaña, y el techo, y saber que la vida es eso, y saber que el día de mañana será tan perfecto como el que hoy finalizaba?

¿Cómo era saber que los cerros estaban cubiertos de nieve, que los árboles y los senderos entre los árboles estaban cubiertos de nieve, y que en la primavera revisarían el techo y las paredes de la cabaña y emparcharían lo que hubiese que emparchar?

¿Cómo era no saber que Walter Dawson enfermaría?

¿Cómo era no saber que Walter Dawson, con un balazo, borraría los puertos que él no vería jamás, lejanías que palabra alguna podría describir, promesas que hombre alguno cumpliría, fábulas que nadie volvería a repetir?

Walter Dawson y Enrique Warning compartían la lectura de Jonathan Swift.

A Enrique Warning la lectura de Swift le enmudecía la lengua.

Enrique Warning nunca más fue un muchacho de sonrisa fácil. Enrique Warning nunca más fue un muchacho.

Viajó a Buenos Aires, y entró a trabajar en una de las grandes fábricas metalúrgicas de la ciudad. Participó, ensimismado, de asambleas recorridas por la desventura, el sarcasmo, las reinvindicaciones irrefutables, las alegorías.

Cuando lo invitaban a hablar, se hacía, en torno a él, el silencio. Y él hablaba. Hablaba poco. Sospechaba que detrás de las palabras no había nada. O sólo la desolación de los bellos gestos. Se decía que, a lo sumo, éste es un país de ricos, muy ricos, y de tipos que no son ricos, muy ricos, pero que piensan como piensan los ricos, muy ricos. Provechosa la lectura de Swift.

¿Y para qué servían los mártires?

Enrique Warning no olvidó esa mañana gris, las balas, los fuegos, la cara serena de ese hombre muerto que él contempló en una vereda de la ciudad, ni se olvidó de él mismo, que lloraba en una calle vacía de la ciudad. No olvidó las horas y horas que durmió en su pieza de obrero, y el sabor de los sándwiches de salame y el vino que comió, y tomó, en las primeras horas de una madrugada en la que a él, Enrique Warning, lo abandonó su sonrisa de muchacho.

No olvidó, pero tampoco tuvo remordimientos.

Cuando estalló la guerra civil en España, julio de 1936, Enrique Warning se enroló en las Brigadas Internacionales. Enrique Warning mostró que sabía combatir, y alcanzó el grado de coronel en los ejércitos de la República.

Enrique Warning estuvo entre los últimos soldados leales que, derrotados por los moros, la Legión Cóndor alemana y los batallones franquistas, cruzaron los Pirineos y se internaron en Francia.

Hasta que las tropas nazis ocuparon París, Enrique Warning dictó clases de literatura inglesa en una escuela secundaria de provincias. Y eso fue lo último que se supo de él.

Este libro se terminó de imprimir
en el mes de abril de 1999
en Colof Efe, Paso 192,
(1870) Avellaneda, Buenos Aires,
República Argentina.